# HIMASET
## JA
## KUKKIA MYYVÄ TYTTÖ

Arto Kuivanen

# HIMASET
ja
kukkia myyvä tyttö

Lastenromaani

# 1. KUKKIA KAUPAN

– Ostakaa kukkia, ostakaa nyt! sanoi pieni sinisilmäinen tyttö hennolla äänellä ja katsoi jokaista ohikulkijaa niin vetoavasti kuin osasi. Tyttö istui kyykyssä jalkojensa päällä ja asetteli keltaisella lahjapakettinarulla yhteensitomiaan kimppuja eteensä suoraan riviin. Kiireiset työmatkalaiset eivät pysähtyneet ostoksille, mutta se ei tyttöä lannistanut. Sinnikkäästi hän tarjosi kukkia jokaiselle ohikulkijalle. Paitsi sille lihaksikkaalle miehelle, jolla oli mukanaan suuri, musta, ilkeännäköinen koira.

– Ostakaa kukkia, ostakaa nyt, hyvä herra! tyttö sanoi kuuluvammin miehelle, joka pysähtyi ja kyykistyi katsomaan kauniita kimppuja. Tyttö hymyili ja jatkoi: – Ne ovat kauniita, eivätkö olekin?

Heikki Himanen oli palaamassa keskustan ala-asteelta, jossa hän opetti työkseen kolmasluokkalaisia. Kesälomaa oli vielä kaksi viikkoa jäljellä, mutta hänen oli ollut käytävä suunnittelemassa syksyn lukujärjestystä rehtorin kanssa. Pieni tyttö oli parin päivän ajan istunut samassa kadunkulmassa kaupittelemassa kukkia. Miksi? Se kiinnosti aina tiedonhaluista Heikkiä ja tällä kertaa hän päätti pysähtyä ottamaan asiasta selvää.

— Ovat, ovat, sanoi Heikki ja otti yhden kimpun käteensä. Hän käänteli sitä, tutki joka puolelta ja näytti tuumivaiselta. — Hmm... Calendula officinalis. Mykerökukkaisten heimoon kuuluva asterikasvi. Yksivuotinen ruoho. Varsi on kauttaaltaan karvainen, eikä tuoksu <nuuh> kovin hyvältä. Kukat sen sijaan ovat kauniit ja oranssiset. Ei myrkyllinen, päinvastoin herkullinen.

Tyttö katsoi silmät pyöreinä Heikkiä, joka oli uppoutunut kukkien tutkimiseen.

— Jaa? sanoi tyttö.

— Kehäkukka! ilmoitti Heikki kuuluvalla äänellä. — Upea kukka, totta tosiaan.

— Ostakaa...

Heikki Himanen nousi seisomaan ja katsoi tyttöä kysyvästi. Hän arvioi kukkakauppiaan olevan kuusi- tai seitsemänvuotias. Siinä iässä keksii taskurahoille monenlaista käyttöä.

Ehkä tyttö keräsi rahaa johonkin, mitä oli toivonut pitkään.

– Mitäs kukat maksavat, kysyi Heikki ja hymyili.

– Tuota, viisi… Tai ei, kun… Siis viisi euroa, sai tyttö lopulta sanotuksi.

– Aika kalliita ovat!

– Mutta kauniita… ja herkullisiakin, sanoi tyttö ja katsoi sinisillä silmillään Heikkiä anovasti. Tuolla samalla ilmeellä oli takuulla taivuteltu äitiä tai isää useastikin. Ja mitä ilmeisimmin se oli tehonnut hyvin. Ainakin Heikin se sai kaivamaan rahapussistaan viitosen setelin ja ojentamaan sen tytölle. Tyttö taitteli rahan huolellisesti ja laittoi sen ruskearuutuisen mekkonsa vaaleanpunaiseen taskuun.

Heikki Himanen jatkoi matkaansa kädessään pieni kimppu kehäkukkia. Tyttö kyykistyi uudelleen ja asetteli loput kimput eteensä suoraan riviin.

– Ostakaa kukkia, ostakaa nyt!

# 2. HIMASET

– Kotona ollaan, kuulutti opettaja Heikki Himanen eteisessä. Hän laski kädessään olevan salkun takkinaulakon alle, piilotti kukkakimppua pitävän kätensä selän taakse ja astui keittiöön.

Ilmassa oli huumaava tuoreen pullan tuoksu. Laura Himanen oli taas kerran mielipuuhassaan. Lyhyenläntä, hieman pyylevä ja leppoisan näköinen Laura piti kodin järjestyksessä ja perheen herkuissa. Hänen intohimonsa oli leipominen. Pullaa, piirakoita, kakkuja! Mitä tahansa, jossa sai vaivata ja vatkata, koristella ja pursottaa. Heikin astuessa sisään Laura kumartui ottamaan pellillisen voisilmäpullia uunista.

Heikki hiippaili Lauran viereen vielä, kun tämän katse oli tiukasti uunin perukassa. Suoristaessaan selkänsä Laura pelästyi vierelleen ilmestynyttä miestään ja oli pudottaa uunipellin.

– Huh, mitä siinä pelottelet, sanoi Laura ja asetti pullat turvallisesti lieden päälle.

– Ole hyvä! Kauniita kukkia vieläkin kauniimmalle vaimolle! leperteli Heikki ja supisti suutaan palkkion toivossa.

– Oletkos siinä! naurahti Laura, otti työpöydältä liinan alta aiemmin paistetun voisilmäpullan ja työnsi sen miehensä suuhun.

– On tämäkin hyvää, sanoi Heikki ja taputti vaimoaan olkapäähän.

– Minkä takia sinä nyt kukkia?

– Kai sitä nyt kukkia saa ostaa, jos siltä tuntuu? kyseli Heikki ja haukkasi uuden palasen pullastaan.

– Ostaa? Nämähän ovat tavallisia kehäkukkia. Olisihan näitä ollut tuolla meidänkin takapihalla.

– Nämä ovatkin sellaisia spesiaaleja kukkia. Ja arvokkaitakin ovat. Ostin, kun oli niin sirkeäsilmäinen myyjä, sanoi Heikki ja hymyili muikeasti.

– Vai että ihan sirkeäsilmäinen?

– Kyllä niin voi tässä tapauksessa sanoa. Ja nättikin oli.

– Vai niin? sanoi Laura vakavoituen. Heikistä ei koskaan voinut olla varma, puhuiko hän totta vai kiusoitteliko vain. Laura ei pitänyt miehensä innostuneesta ilmeestä tämän puhuessa myyjän sirkeistä silmistä.

— Jaa että kalliitakin?

— Olihan ne. Viisi euroa.

— Viisi euroa! Tavallisista kehäkukista! Lauran ääni nousi ja sai Heikinkin hätkähtämään.

— Mutta kun ne silmät… sanoi Heikki ja hymyili vaimolleen sovittelevasti.

— Minä en sitten näitä huoli! tiuskaisi Laura, heitti kukat pöydälle ja alkoi muuta sanomatta täyttää kahvinkeitintä. Kukkia tai ei, tuore pulla olisi parasta vastakeitetyn kahvin kanssa.

Heikki tiesi, että Laura oli nopea suuttumaan, mutta vieläkin nopeampi leppymään. Kuppi kahvia saisi hänet unohtamaan koko asian. Heikki päätti kertoa kukkia myyneestä tytöstä vasta, kun Laura oli kunnolla leppynyt. Silloin he saisivat asiasta hyvät naurut ja kaikki olisi taas kuten ennenkin.

— Pullaa, jee! kuului keittiön ovelta, kun Otto Himanen ryntäsi sisään kaikella kahdeksanvuotiaan tarmolla. Hän meni seisomaan äitinsä viereen ja sai tuoreen voisilmäpullan ja nopean hiusten pöllytyksen. — Äiti on ihan paras!

Laura Himanen hykerteli kehuista, eikä äskeisestä suutahduksesta ollut enää paljoakaan jäljellä.

– Niin on, uskalsi Heikkikin kehaista ja uskoi sillä saavansa pienen kiusoittelunsa kokonaan anteeksi.

– Kenen kukkia nuo ovat? kysyi Otto osoittaen pöydällä olevaa kimppua.

– Vaikka sinun, jos tahdot, vastasi Laura.

– Tahdon, sanoi Otto ja oli kaappaamassa kukat käteensä, kun Heikki toppuutteli.

– Tsot, tsot, ei niin nopeasti. Ne olivat kalliita kukkia ja ne pitää ansaita, hän sanoi ja otti kimpun käteensä.

– Ei kai taas jotain tehtäviä? marisi Otto.

– Nimenomaan niitä!

Heikki Himanen oli opettaja ja hän halusi jakaa tietoa aina kun mahdollista ja saada lapsensa käyttämään aivojaan arkipäivänkin tilanteissa. Siksi hän tilaisuuden tullen kysyi kaikenlaista tai esitti päättelytehtäviä. Oli taas tullut sellaisen aika.

– Hyvä on sitten, sanoi Otto huokaisten syvään ja heittäytyi istumaan ruokapöydän viereen tuolille.

– No niin, seuraa tarkasti. Oletetaan, että sinulla on korillinen samankokoisia appelsiineja ja putkenmallinen kannu. Siis sellainen suoraseinäinen kahden litran kannu. Sen halkaisija on kymmenen senttiä. Pysytkö mukana?

– Joo, joo… Kymmenen senttiä ja kaksi litraa.

– Appelsiinit ovat sen kokoisia, että ne juuri ja juuri sopivat kannuun.

– Niin niin, appelsiineja riittää, huokaisi Otto ja tutki kukkia, ovatko ne todella kaiken tämän arvoisia.

– Ja nyt tarkkana: kuinka monta appelsiinia voi laittaa tällaiseen tyhjään kannuun?

– Hei, onko tuo nyt laitaa? Ei noin pieneltä tuollaista voi kysyä. Siinähän tarvitaan matematiikkaa, jota opetetaan vasta yläluokilla. Ja ainakin kynää ja paperia! vastusteli Laura miehensä pojalle heittämää tehtävää. Heikki vain virnuili tyytyväisen näköisenä.

– No, Otto, anna tulla!

– Tää on ihan vanha juttu. Tietysti vain yhden, kun se ei ole sitten enää tyhjä, sanoi Otto ja sieppasi kukkakimpun käteensä. Hän haki kaapista lasin ja päästi siihen hanasta vettä. Kukat hän laittoi lasiin. Heikki hymyili tyytyväisenä poikansa terävyydelle ja laittoi kätensä Lauran harteille.

– Tuosta pojasta tulee kyllä vielä aito Himanen!

– Hei, mitä? Otollako on kukkia? kysyi Maiju Himanen tullessaan pullantuoksun houkuttelemana keittiöön. Äiti-Laura antoi teinityttärelleen pullan ja nosti kahvipannun pöytään.

– Isäsi ne oli töistä tullessaan ostanut ja antoi ne Otolle, sanoi Laura ja otti kaapista kahvimukit.

– Otolle! Tuollaiselle pikkupojalle! Eihän se mitään kukista ymmärrä. Minä olisin ne ottanut! Minulle ei kukaan koskaan tuo kukkia!

Maijun purkaus tuli viisitoistavuotiaan raivolla. Pienikin epäoikeudenmukaisuus nosti tunteet pintaan ja sai hänet tiuskimaan ja korottamaan ääntään. Juuri nyt hän oli hyvin herkässä tilassa. Maiju oli aamulla tavannut naapuritalossa asuvan ystävänsä Eliisan. Tämä oli uskonut Maijulle salaisuuden.

– Tässä, ota, sanoi Otto ja tarjosi kimppua Maijulle.

– Äh, en ota. Ei se ole sama!

– Mikä nyt noin painaa? kysyi Laura ja siirtyi Maijun eteen. – Jotain muuta tässä nyt on.

– No, kun Eliisa…

– Mitä Eliisasta?

– Hänellä on poikaystävä…

– Ja sinulla ei ole?

– Niin...

– Voi tyttö hyvä, älä välitä. Eliisahan on jo seitsemäntoista. Kyllä sinäkin vielä ehdit. Ei mitään kiirettä, lohdutti Laura ja kaappasi nyyhkyttävän tyttären syleilyynsä.

– Vai poikaystävä! liittyi Heikki keskusteluun. – Olisihan sitä mukavaa kysellä vävyehdokkaalta yleistiedon kysymyksiä ja testata, onko siitä mihinkään. Pitääkin alkaa miettiä valmiiksi, jos kerran Eliisallakin...

– Isää! Älä viitsi! parkaisi Maiju ja halusi lopettaa koko keskustelun. Asiasta oli puhuttu ihan tarpeeksi.

– Ihan totta, älä kiusaa, toppuutteli Laurakin Heikkiä, joka osasi sulkea suunsa oikealla hetkellä.

– Eiköhän oteta sitä kahvia, ettei pullat jäähdy, sanoi Heikki ja istahti pöytään.

– Kaikkea sitä... mutisi Otto ja lähti kukkakimpun kanssa huoneeseensa.

# 3. UNELMIA

Otto laski kukkakimpun kirjoituspöydälle. Hän asetteli sen niin, että ikkunasta tuleva valo osui oransseihin terälehtiin. Värikkäät kukat loistivat kauniisti kirkkaassa auringonvalossa. Poika otti kukat vesilasista ja irrotti niitä sitovan nauhan. Sen jälkeen hän asetteli ne huolellisesti uudelleen lasiin. Niin ne näyttivät entistäkin paremmilta.

Otto istui tuolille ja laittoi kämmenet pöytää vasten. Sitten hän laski leukansa rystysten päälle ja tuijotti kukkia lojuen rennosti pöytänsä päällä. Hän piti kukista. Sitä hän ei kuitenkaan halunnut kaikille kertoa. Ei etenkään koulukavereille tai Sampalle, parhaalle ystävälleen. Asia sai pysyä ihan Oton omana salaisuutena.

Maijun purkaus keittiössä mietitytti Ottoa. Toisaalta hän ymmärsi sisartaan, toisaalta taas ei. Kaikki sanoivat, että Maiju oli "siinä iässä". Murrosikä oli kauheaa aikaa. Niin oli Otto kuullut. Silloin saattoi suuttua aivan mistä tahansa. Mutta äskeinen Maijun suuttuminen ei ollut mistä aiheesta tahansa. Sen Otto tiesi tarkkaan, sillä Himasen perheessä kaikilla oli unelmia. Pieniä ja suuria, mutta aina jokin niistä oli ylitse muiden. Otto tiesi, että Maijun suurin unelma juuri tällä hetkellä oli löytää itselleen poikaystävä. Siihen liittyvät vastoinkäymiset saivat sisaren helposti kuohahtamaan.

Äidilläkin oli unelma. Otto oli kuullut sen monta kertaa, vaikka ei täysin ymmärtänytkään, miksi se oli äidille niin tärkeää. Laura Himanen oli saanut kerran englantilaisten ystäviensä luona käydessä Mama Brownin raparperipiirakkaa. Se oli jotain sellaista, että edes äidin leivontataidot eivät siihen taipuneet. Raparperia siinä oli ja omenaa. Sokeria tietenkin myös, mutta tarkkaa reseptiä ei Lauralla ollut. Sen hän halusi. Hänen ystävänsä vanha reseptikopio oli pudonnut tiskialtaaseen ja teksti oli muuttunut lukukelvottomaksi. Tietenkään ystävä ei muistanut ulkoa kaikkia ainesosia ja niiden määriä. Laura oli varma, että alkuperäinen ohje oli jossain olemassa. Sen saaminen oman leivontaohjekirjan väliin oli hänen suurin unelmansa.

Otto hymähti ajatuksilleen. Että joku voikin unelmoida jostain reseptistä. Kuinkahan vanhaksi oikein pitää tulla, että niin voisi käydä? Sen sijaan isän unelman Otto ymmärsi hyvin. Heikki Himanen oli innokas kalamies, mutta ei ollut vielä koskaan saanut yli kymmenkiloista haukea. Siitä riittäisi moneen ateriaan ja itsepyydetty kala maistuisi paljon paremmalta kuin kaupasta ostettu. Sitä kalastusretkeä olisi hieno muistella kavereiden kanssa. Jos Otto olisi edes vähän kiinnostunut kalastuksesta, tuo voisi olla hänenkin unelmansa. Mutta Otto vähät välitti kalastamisesta. Mato-ongella hän saattoi kesällä käydä kerran isänsä mieliksi, mutta ei sen enempää. Madot olivat Oton mielestä inhottavia, eikä hän halunnut millään tavalla kiusata kaloja. Mutta kymmenkiloinen hauki! Se vasta olisi isälle jotain. Ei yhdeksän- tai kahdeksankiloinen. Vähintään kymmenen sen pitäisi olla.

Oli Otollakin oma unelmansa. Tietenkin, olihan hän aito Himanen, kuten isä oli juuri sanonut. Hänen unelmansa oli löytää jostain aito avaruuskypärä. Mieluiten se saisi olla sellainen, joka olisi ollut lennolla mukana. Ottoa kiinnosti kaikki avaruuteen liittyvä. Hän ahmi kirjoista ja lehdistä kaiken, mikä käsitteli tähtiä, planeettoja, kuuta ja tietenkin astronauttien uhkarohkeita seikkailuja. Ei hän kypärää päähänsä laittaisi, muuta kuin ehkä kokeeksi, vaan oven vieressä olevan piirongin päälle. Hän piti siinä aina tyhjää tilaa kypärää varten. Se oli todella kaukainen unelma, mutta eihän sitä koskaan tiedä, minkälaisia onnenpotkuja tapahtuisi.

Himasten perheen unelmat vaihtelivat ajoittain. Samaa unelmaa kun ei jaksanut kovin kauaa pitää. Kaiken lisäksi Himasten unelmilla, niin ihmeellisiä kuin ne olivatkin, oli taipumus toteutua. Koskaan ei voinut tietää, kenen unelma seuraavaksi täyttyisi. Mutta aina silloin tällöin niin vain jollekin heistä tapahtui.

Otto kohensi asentoa ja nojasi taaksepäin tuolissaan. Hän hymyili ja katsoi kaunista auringonsäteissä kylpevää kukkakimppua. Ehkä tällä kerralla toteutuisi hänen unelmansa.

# 4. GLADIOLUKSIA

Kului kolme päivää. Joka aamu Otto vaihtoi kukkiinsa raikkaan veden ja katkaisi niiden varresta palasen. Hän oli nähnyt äitinsä tekevän niin saamilleen ruusuille. Se pitäisi kukat virkeinä ja eloisina pitkään. Ainakin äiti oli niin vakuuttanut. Asia oli helppo uskoa, sillä Oton kehäkukat loistivat kauniin oransseina vielä kolmantena päivänä.

Laura Himanen oli leiponut kinkkupiiraan lehdestä löytämänsä ohjeen mukaisesti. Hän nosti sen uunista höyryävänä ja laittoi pyöreän vuoan keittiön pöydälle. Jääkaapista hän otti mehua ja maitoa ja kutsui lapsensa syömään. Otto ja Maiju saapuivat paikalle viivana. Herkullinen tuoksu leijui talon kaikissa huoneissa ja kummankin makuhermot pakottivat jalat nopeaan liikeeseen.

– Missähän se isä viipyy? ihmetteli Laura ja katsoi seinällä olevaa kelloa. Se oli kohta kolme. Heikki oli lähtenyt kaksi tuntia aikaisemmin kauppaan. Normaalisti häneltä meni siinä tunti, joskus puolitoista, mutta kahta tuntia hän ei ollut saanut kauppareissuun koskaan tuhlattua. – Kaipa se isä sieltä kohta tulee, kun haistaa uunituoreen piirakan. Aloitetaan me jo.

Näin sanottuaan Laura leikkasi kinkkupiiraasta mehevät siivut Otolle ja Maijulle ja jäi katsomaan lasten ahmimista. Se oli paras palkkio, minkä leipoja voi työstään saada. Hän päätti odottaa Heikkiä vielä hetken ennen kuin maistaisi itse.

Ovi kolahti eteisessä ja Heikin tuttu puuskutus kuului samantien keittiön ovelta.

– Mihinkä ihmeeseen sinä saat viisi kiloa vehnäjauhoja kulumaan? Eikö niitä nyt vähempikin olisi riittänyt? kyseli Heikki ja nosti kaksi painavan näköistä muovikassia lieden viereen työpöydälle. Hän pyyhki hikeä otsalta ja näytteli väsyneempää kuin itse asiassa olikaan. Vastaisen varalle oli hyvä tehdä Lauralle selväksi, että painavien kassien kantaminen jalkapatikassa oli Heikillekin raskasta.

– Ei kai se isolle miehelle noin vaikeata voi olla yhden jauhopussin tuonti. Tarjouk-

sessa olivat. Ja kyllähän niitä menee tässä lei-
poessa. Muistit kai ne limsapullot?
    – Totta kai…
    – Ja sen perunapussin?
    – Kaikki on siellä, kuten ne kolme litraa
maitoa ja litra rasvatonta piimää.
    Heikki hieroi näyttävästi kämmeniään
saadakseen veren kiertämään niissä kunnolla.
Muovikassien sangat olivat painaneet niihin
selvät jäljet.
    – No hyvä, että jaksoit… Otapa kinkku-
piirakkaa, sanoi Laura ja leikkasi miehelleen
ison palan. – Senkö takia sinulla niin kauan
meni?
    – Sen ja myös tämän, sanoi Heikki ja kä-
vi eteisestä hakemassa uuden kukkakimpun.
– Ajattelin ostaa kukkia nyt tuolle Maijulle,
ettei tule niin paha mieli.
    – Vai niin, sanoi Laura närkästyneellä
äänellä. – Millaiset silmät sillä myyjällä tällä
kerralla oli?
    – Sirkeät oli, hyvin sirkeät. Siniset ja nätit,
niin kuin ennenkin, sanoi Heikki suu hymys-
sä.
    – Jaaha, tässä sitä taas ollaan, murjotti
Laura ja siirtyi jääkaapille kaatamaan itselleen
lasillisen maitoa. Heikki katsoi kiusoittelunsa

menneen liiankin pitkälle, meni vaimonsa luo
ja sanoi:

– Sellaisethan ne ovat aina. Kuusivuoti-
aan silmät. Tai ensi kuussa seitsemän.

– Mitä? Kuka niitä kukkia oikein myy?
kysyi Laura helpottuneemmalla äänellä.

Heikki kertoi, miten hän oli muutamana
päivänä ihmetellyt kadulla kukkia myyvää
pientä tyttöä. Tänään hän oli pysähtynyt ty-
tön luokse uudelleen kyselläkseen lisää, kuka
hän oikein oli. Samalla hän osti uuden kim-
pun kukkia. Tällä kertaa ne olivat gladioluksia.
Kolmen kappaleen kimppu oli maksanut taas
viisi euroa. Kalliitahan ne olivat, mutta olivat
sentään gladioluksia.

– Maiju, saat kukat, jos osaat vastata tä-
hän kysymykseen.

– Ja taas se alkaa… valitti Maiju, mutta
huomasi isänsä ilmeestä, että tämä oli tosis-
saan.

– Tämä on lyhyt ja helppo. Ole tarkkana.
Jos kilo porkkanoita maksaa euron ja puoli
kiloa porkkanoita, paljonko maksaa kaksi ki-
loa porkkanoita?

– No jopa oli kauheasti porkkanoita, ih-
metteli Maiju. – Tuo puoli kiloa porkkanoita
pitää muuttaa… Mutta siihenhän jää vielä ka-

sa porkkanoita, joka pitää taas… Äh, eihän tästä mitään tule.

– Otto, osaatko auttaa siskoasi?

– Joo. Eikös se puolikas porkkanakilo maksa kanssa sen euron, kun kai se on yhtä kallis kuin se ensimmäinenkin puolikas. Niin, että porkkanat maksavat kaksi euroa kilo ja kaksi kiloa maksaa neljä euroa. Eikö niin?

– Ihan juuri niin, sanoi Heikki pojastaan ylpeänä. – Mutta kumpi nyt saa nämä kukat?

– Anna Maijulle, tämä oli vain tällaista pientä sisarusapua, sanoi Otto ja siirsi viimeiset muruset piiraasta suuhunsa.

– Kiitos, sanoi Maiju molemmille.

– Saitko selville, kuka se tyttö on? Ja miksi hän myy kukkia kadulla. Mahtaakohan hänen äitinsä ja isänsä tietääkään? kysyi Laura.

– Hänen nimensä on Taru. Sukunimeä en kehdannut kysellä. Hänellä on äiti ja isä, muttei sisaruksia. Perhe on muuttanut Katajapolulle ihan kadun päähän siihen Artukaisen taloon.

– Jaa Pussi Artukaisen?

– Juuri siihen. Ovat siinä vuokralla. Se ei kyllä mikään kauhean erikoinen talo taida olla. Ainakin talvella on varmasti kylmä. Pussihan on erikoinen vanhapoika ja melkeinpä erakko. Ei hän talostaan kovin hyvää huolta pitänyt.

Kunhan vain jonkinlainen katto oli päänsä päällä, se riitti hänelle.

– Eikö Pussi ollut joku avaruuslentäjä? kysyi Maiju ja nuuhkaisi saamiaan gladioluksia. Otto terästäytyi ja kohotti kulmakarvojaan.

– Suomalaisia avaruuslentäjiä on kyllä aika harvassa... aloitti Heikki myhäillen. – Mutta niin hän väitti vuodesta toiseen. Höppänän maineenhan sellaisesta sai. Vaikka eihän sitä koskaan tiedä. Ehkä hänellä oli jotain yhteistyötä Amerikan avaruuskeskuksen kanssa. Niin tai jonkun muun maan. Muistaakseni Pussi kertoi asuneensa Floridassa muutaman vuoden.

– Miksi häntä sanottiin Pussiksi? kysyi Otto.

– Sanotaan kai edelleenkin. Pussihan muutti pari kuukautta sitten vanhainkotiin. Viimeksi, kun tapasin, astma kuulosti tosi pahalta. Ei kai enää pärjännyt yksikseen. Talo jäi asumattomaksi. On kai sen nyt vuokrannut. Asuttuna talo pysyy paremmassa kunnossa... Niin se Pussi-nimitys. Koetapa arvata. Sinähän tiedät kaiken avaruustutkimuksesta.

Heikki kohdisti sanansa Otolle, joka näytti miettivän kuumeisesti. Pussi Artukai-

nen? Ei tuntunut tutulta. Muutaman otsanry-
pistyksen jälkeen Oton silmät kirkastuivat.

– Tietysti! Buzz, Buzz Aldrin! Apollo 11
astronautti. Toinen ihminen kuun pinnalla
Neil Armstrongin jälkeen 24. heinäkuuta
1969.

– Siinähän se tuli, sanoi Heikki. – Ovat
sinulla nuo asiat hallussa.

– Miksi se tyttö myy niitä kukkia? palasi
Laura aiheeseen.

– Sitä en saanut selville. Pitää käydä vielä
kerran ostoksilla, sanoi Heikki.

– Käy vain. En minä estele, antoi Laura
miehelleen luvan ja leikkasi kinkkupiiraasta
kaksi isoa palaa.

ooo ooo ooo

Illalla Otto makasi vuoteellaan ja mietti
Pussi Artukaisen taloa ja siinä asuvaa tyttöä.
Jos talon asukas on muuttanut vanhainkotiin,
mihin hän on laittanut kaikki tavaransa? Niitä
on varmasti ollut enemmän, mitä yhteen
huoneeseen voi mukanaan viedä. Olisiko ty-
tön perhe vuokrannut talon kalusteineen ja
kaikkine muine tavaroineen? Pussi Artukai-
sella oli varmasti paljon makeita esineitä, jos
hän kerran oli entinen astronautti. Ja vaikka

ei olisikaan, hänellä piti olla avaruuslentäjän varusteita, jotta voisi uskotella muille olleensa sellainen.

Maiju tuli huoneeseen ja keskeytti Oton ajatukset. Hän antoi isältään saamansa kukkakimpun veljelleen.

– Ota sinä nämä, kun osasit sen isän tehtävänkin, sanoi Maiju ojentaessaan kimppua Otolle.

– Pidä sinä vaan ne. Minulla on nämä kehäkukat.

– Ota nyt… Minä sain kukkia jo aikaisemmin tänään… sanoi Maiju ja katsoi salaperäisellä ilmeellä alaspäin.

– Älä!

– Ja olivat ihan kaupasta ostettuja…

– Keneltä?

– Yhdeltä pojalta.

– Poikaystävä! Meidän Maijulla! ilakoi Otto, nappasi kukat ja asetteli ne samaan lasiin kehäkukkien kanssa. Kimpusta tuli entistäkin kauniimpi.

– Ei nyt ihan. Kaveri vaan…

– Jaa, kaveri? Ja kukkia ostaa? Älä viitsi!

– Voi ne kaveritkin ostaa!

– Voi, voi…

– Älä sano isälle ja äidille vielä mitään. Sanon sitten itse. Joskus…

– En, en!

Maiju kiitti ja lähti huoneesta. Otto heittäytyi takaisin sängylle selälleen ja jatkoi ajatuksiaan. Erakkomaisen vanhan astronautin talo… Mitähän kaikkea sen vintiltä voisikaan löytyä?

# 5. KUKKIA MYYVÄ TYTTÖ

– Menen ulos! huikkasi Otto siepaten keittiöstä tuoreen munkin matkaevääksi. – En ole kauaa.

Kaikki tapahtui niin nopeasti, ettei Laura ehtinyt edes kysyä pojalta, minne tämä aikoi mennä. Hän kohautti olkapäitään ja jatkoi askareitaan. Ilmeisesti Otto juoksisi ystävänsä Sampan luokse. He olivat olleet koko kesän erottamattomat kaverukset ja käytännöllisesti katsoen joka päivä yhdessä.

Otolla olivat kuitenkin aivan muut asiat mielessä. Hän kierteli lähikatuja, potkiskeli kiviä ja jalkakäytävälle pudonneita käpyjä ja koetti näyttää huolettomalta. Koko ajan hän tarkkaili ympäristöä, näkyisikö missään kohta seitsenvuotiasta tyttöä myymässä kukkia. Isä Heikki oli nähnyt hänet matkalla kaupasta kotiin. Otto mietti, mitä kautta isä oli kävellyt ja tutki sen reitin mahdollisimman tarkkaan. Ketään ei näkynyt. Otto käveli myös Katajapolulle ja käveli hitaasti kadun päähän asti.

Artukaisen talo uhkui vanhaa salaperäisyyttä. Sen seinät olivat keltaiset, mutta maali oli vanhaa ja monin paikoin rapistunutta. Ovi oli ruskea ja vanhanmallinen. Sille johtivat harmaat betoniset portaat. Niiden vasemmassa reunassa oli putkesta kyhätty kaide. Pihamaata kiersi aita ja tien kohdalla oli mustanpuhuva metallinen portti. Talo näytti sellaiselta, että siellä olisi voinut asustaa vaikka miten eriskummallisia asukkaita. Taikureita, valkopartainen erakko, vampyyreja tai äklömönkiäisiä. Otto kuvitteli, että ovi saattoi milloin tahansa aueta ja pihalle juosta tonttu, peikko tai menninkäinen. Sellaisessa talossa oli hyvin voinut asustaa myös entinen astronautti, joka todennäköisesti kuitenkin oli vain höperö yksinäinen mies.

Piha oli hiljainen ja muutenkin vaikutti siltä kuin ketään ei olisi kotona. Pettyneenä Otto lähti kävelemään takaisin kotinsa suuntaan. Hän kulki samaa reittiä, mistä oli tullut. Kuusikadun ja Pajutien kulmaan oli tällä välillä ilmestynyt pieni ruskeahiuksinen tyttö. Hänellä oli ruskearuutuinen mekko ja hän istui kyykyssä jalkojensa päällä. Hänellä oli edessään viisi kimppua kehäkukkia. Jokaisessa niistä oli kolme kukkaa. Tyttö asetteli kimput suoraan riviin eteensä. Otto riemastui ja lähti puolijuoksua tytön suuntaan. Vähän ennen kohtaamista hän hidasti kävelyksi ja viimeiset askelet Otto otti hyvinkin verkkaisesti. Hän jäi seisomaan tytön eteen, eikä osannut sanoa mitään. Hän oli etukäteen miettinyt asioita, joista haluaisi tytöltä kysyä, mutta nyt hän ei saanut sanaa suustaan. Tyttö katsoi Ottoa silmiin ja hymyili.

– Hei! sai Otto viimein sanotuksi.

– Hei, vastasi tyttö hiljaisella äänellä. – Ostatko kukkia? Nämä ovat kyllä aika kalliita. Olen myynyt näitä aikuisille. Niillä on enemmän rahaa. Ei lapsilla ole näin paljon. Mutta saat sinäkin ostaa, jos haluat…

– Ei, en osta. Isä on kyllä ostanut sinulta. Ne ovat koulupöydälläni. Kauniita kukkia.

– Ei se mitään… Kyllä joku vielä ostaa…

– Saisinko jäädä hetkeksi? kysyi Otto vielä ja tyttö nyökkäsi varovaisesti.


ooo ooo ooo


Otto syöksyi kotiovesta sisään.

– Missä oikein olet ollut? kysyi Heikki, joka oli juuri tullut keittiöön kinuamaan maistiaisia Lauran tuoreimmista leipomuksista.

– Tuolla noin, ulkona Sampan kanssa.

– Samppa kävikin sinua kyselemässä.

– Joo, niin se kertoi. Tavattiin tuolla kadulla.

– Mutta Samppa kävi juuri äsken… Onko siitä edes kymmentä minuuttia.

– Niin, ei me kauaa oltu. Ei, mutta jesses, onko nuo? On ne! Meidän äidin raparperirahkaunelmia! Otto muutti puheenaihetta, nappasi pöydältä pullan ja kiiruhti huoneeseensa ennen kuin isä ja äiti ehtivät kuulustella sen enempää.

# 6. HOLOPAINEN SAAPUU

Lauantaiaamu oli edennyt siihen vaiheeseen, josta Heikki Himanen erityisesti piti. Otto ja Maiju olivat syöneet aamiaisensa ja lähteneet ulos kumpikin omien kavereidensa luokse. Laura puuhaili keittiössä valmistellen päivän pääateriaa. Heikki oli istahtanut ikkunan vieressä olevaan nojatuoliin ja avannut aamun sanomalehden syventyäkseen uutisiin. Luettuaan levottomuuksista Lähi-idässä, auto-onnettomuudesta pohjois-Suomessa ja nuorison rap-idolin uusimmista edesottamuksista Heikki kuuli ovikellon soivan.

– Kuka siellä nyt... hän harmitteli. Hän taitteli lehden, laittoi lukulasit pöydälle ja asteli ovelle avaamaan.

– Terve, sanoi portailla seissyt mies.

– Katohan, terve! Holopainenko se siinä, ilostui Heikki nähtyään pitkäaikaisen kalakaverinsa seisomassa kädet tutusti selän takana. – Tulitko ensi viikonlopun takia? Joko on uusi siima ostettuna virveliin? Ja uudet väsymättömät perukkeet? Ne on tärkeitä, ettei iso hauki hajota vehkeitä?

Poliisi Johannes Holopainen oli Heikin lapsuudenystävä. He olivat käyneet yhdessä koulua ensimmäiseltä luokalta asti. Ystävyys oli säilynyt vuosikymmenet ja tuntui, että se ajan saatossa vain syventyi ja parani. Kalastus oli heidän kummankin rakkain harrastus ja perinteeksi muodostunut lomakauden päättäjäiskalaretki oli taas kerran tuloillaan. Kaveripari oli lähdössä seuraavaksi viikonlopuksi saareen Holopaisen mökille haukia narraamaan ja juttelemaan miesten juttuja.

– Niin juu... ei ihan vielä. Mutta ehtiihän tuon. On ensi viikko vielä aikaa. Pitäisi löytää sellainen vihreäkeltainen vaappu, joka jäi kuukausi sitten pohjaan kiinni tuossa joella ja jäi sinne. Se oli paras vieheeni... Sen sanottuaan Holopainen vakavoitui ja sanoi: – Oli minulla oikeatakin asiaa. Ihan virantoimituksessa olen tällä kerralla.

– Ai? No niinpä näkyy univormu olevan päällä, sanoi Heikki ja katsoi kysyvästi.

– Onko tämä tuttu? kysyi Holopainen, vaikka tiesi kyllä vastauksen. Hän siirtyi hieman sivummalle ja Heikki huomasi vasta nyt, että portailla seisoi myös hiljainen ja alaspäinkatseleva Otto.

– Otto! Mitä ihmettä?

– Nuori herra on nähty itse teossa Helmi Surakan puutarhassa tämän saman kadun varrella.

– Niin, niin. Surakat asuvat tuolla mutkan takana, sanoi Heikki, eikä vieläkään kunnolla ymmärtänyt koko asiaa.

– Kun sain pojan kiinni, hänellä oli kimppu gladioluksen kukkia käsissään. Oikein kaunis kimppu. Helmi Surakka oli omien sanojensa mukaan vaalinut kukkia silmäterinään koko kesän.

– Mitä turkasen tuhatta? Mikä sinun päähäsi on mennyt? Eikö ole sanottu, ettei toisen omaa saa ottaa? Heikki osoitti sanansa Otolle ja katsoi tätä niin vihaisesti kuin vain pystyi. Tosin se oli hänelle melko vaikeata, sillä toisaalta hän ymmärsi pienten poikien kolttosia, olihan hän itsekin joskus ollut villi lapsi. Toisaalta taas hän oli hyvin tiukka siitä, että sääntöjä oli noudatettava, eikä luvatta saanut koskea mihinkään.

– Anteeksi, kuiskasi Otto alahuuli väpättäen. – En minä enää…

– Et varmasti! Poliisin kanssa tullaan kotiin tuossa iässä! Ei hyvältä näytä! Nyt sisälle sieltä! Heikki puhui vihaisella äänellä ja Otto tuli nöyrästi eteiseen.

Laura oli kuullut keittiöön Heikin painokkaat sanat ja tuli eteiseen poikaansa vastaan. Kädet lanteilla tuijottaessaan hän ei ollut sama leppoisa äitimuori, johon Otto oli tottunut. Holopaisen seisoessa takana pojalla ei ollut muuta mahdollisuutta kuin alkaa selittää.

– En minä muuten, mutta kun Taru on niin…

– Taru?

– Se kukkia myyvä tyttö. Olin viemässä kukkia hänelle.

– Ai oikein tytölle kukkia? sanoi Heikki painokkaasti ja halusi kouluttaa kiinnijäänyttä poikaansa oikein kunnolla.

– Ääh, ei kun myytäväksi… tuskastui Otto vihjailuista. – …kun sen Tarun perhe on niin köyhä. Kaikki on niin kallista, eikä heillä ole kunnolla varaa vuokraan ja ruokaan. Taru on myynyt kukkia voidakseen auttaa isäänsä ja äitiänsä. Halusin vain auttaa…

– Varastaminen on väärä tapa auttaa, torui Laura.

– Tiedän, mutta kun siellä puutarhassa oli niin paljon kukkia. En uskonut, että muutaman ottaminen haittaisi.

– Mutta ne eivät olleet sinun!

– Niin, mutta…

– Nyt ei mitään muttia suvaita. Varastushan tämä on tai näpistys ainakin. Katsotaan nyt, mitä poliisilla on tähän sanottavaa. Taidat saada kovat rapsut tästä, pelotteli Heikki ja katsahti Holopaista, joka oli seurannut pojan ripitystä ääneti. Pieni virne Heikin suupielessä sai poliisin ottamaan kasvoilleen virallisen ilmeen. Holopainen antoi Otolle tiukan huomautuksen ja vannotti, ettei enää koske luvatta mihinkään, mikä kuuluu jollekulle toiselle. Jos poika tämän lupaisi, asiaa ei vietäisi pidemmälle.

– Lupaan, lupaan, toisteli Otto huojentuneena ja katuvaisena.

– Minä voin leipoa Helmi Surakalle kakun niistä kukista. Ja Otto saa auttaa sen tekemisessä! sanoi Laura ja sai Holopaisen nyökkäilemään.

– Hyvä! Minä tästä lähdenkin, sanoi Holopainen ja avasi ulko-oven. – Perjantaina startataan puolilta päivin. Ole valmiina!

– Taatusti, sanoi Heikki ja saatteli ystävänsä matkaan. Hän sulki oven, oli hetken

hiljaa ja sanoi kääntyen Lauran ja Oton puo-
leen: − Voitaisiinkohan me tehdä jotain aut-
taaksemme Tarun perhettä?

# 7. MARSU

Maiju Himanen nojasi lähikaupan seinään ja katseli punavalkoisia lenkkitossujaan. Hän yritti keksiä keskustelunaiheita, jotka kiinnostaisivat pyörätelineellä istuvaa nuorukaista. Mitään järkevää ei tullut mieleen ja Maiju katsoikin parhaaksi vain tutkailla kenkiensä kärkiä ja nauraa tirskahdella ajatuksilleen.

Polviinsa nojailevaa poikaa sanottiin Marsuksi. Harva edes tiesi hänen oikeaa nimeään, eikä siihen suurta tarvetta ollutkaan. Kaikki tunsivat Marsun. Maiju oli ihastunut ja uskoi pojankin olevan ainakin hieman, sillä miksi tämä muuten olisi ostanut hänelle kukkia. Marsusta sitä tietoa ei saanut ongittua. Näytti, että hän vain vietti aikaa Maijun kanssa. Muu ei sopinut nuoren miehen imagoon.

Marsulla oli mopoauto, jonka kyytiin Maiju oli pari kertaa päässyt. Käytettynä ostettu kovaääninen menopeli oli rähjääntynyt, mutta pojan mukaan se oli juuri niin "cool" kuin piti ollakin. Stereot ja upeasti jyskyttävä bassoboosteri peitti ajettaessa moottorin äänen. Marsu oli luvannut, että Maijukin saisi ajaa mopoa, kunhan vain sopiva paikka tulisi.

– Marsu?

– Joo?

– Poliisi toi Oton tänä aamuna kotiin.

– Häh? Ei kai? Mitä se oli tehnyt?

– Vienyt jotain kukkia…

– Kukkia? Hehe. Kova kaveri…

– Ei se nyt niin kauhean kamalaa ollut. Poliisikin vain nuhteli. Isä kyllä piti aikamoisen saarnan.

– Sellaisia ne isät tuppaa olemaan.

– Ei Otto mikään paha poika ole, jatkoi Maiju vielä. – Vähän kummallinen kyllä. Avaruusjuttuihin se on ihan sekopäänä. Tietää kuulennoistakin ihan kaiken.

– Onhan ne mielenkiintoisia…

Marsu nousi seisomaan ja pudisteli housujensa takamusta. Maijun mielestä pojan farkut roikkuivat tyylikkäästi.

– Kuule, Marsu, sanoi Maiju varovasti hetken hiljaisuuden jälkeen. – Voisitko tulla joku päivä meillä kotona käymään? Vaikka syömään tai kahville. Äiti on kova leipomaan. Ja tekee kyllä hyviä pullia.

– En tiedä… sanoi Marsu, eikä näyttänyt ollenkaan innostuneelta.

– Tulisit nyt.

– Isäsikin taitaa olla aika äkäinen…

– Ei se ole. Vähän erikoinen sekin kyllä voi olla. Usein kyselee kaikkea tyhmää, muttei se sillä mitään tarkoita.

– No, katsotaan nyt, sanoi Marsu ja vilkuili kaupan parkkipaikalla seisovaa kirkkaankeltaista mopoautoaan. – Mun pitää nyt mennä. Törmäillään!

– Joo, sanoi Maiju ja katsoi poiskävelevää Marsua. – Minä kysyn kotona, huusi Maiju vielä Marsun perään ja sai vastaukseksi kädenheilautuksen ennen kuin mopoauto kaasutti paikalta. Rytmikäs bassojumputus kuului vielä pitkään ajopelin kadottua näkyvistä.

# 8. LIHAPULLAT VATSASSA

Heikki Himanen nojautui tuolissaan taaksepäin. Hän oli hetkeä aikaisemmin ahminut kolmannen santsiannoksen Lauran tekemää lauantaipäivän ateriaa. Perunoita, uunipunajuuria ja pitkään ruskeassa kastikkeessa hautuneita pekonilihapullia. Heikin, kuten muidenkin perheenjäsenten, suussa maistui vielä jälkiruokana ollut makea kaura-omenapaistos vaniljakastikkeen kera. Hän oli täynnä, eikä jaksanut syödä enää muruakaan. Vatsa pömpötti korkeana kupuna ja kädet roikkuivat velttoina sivuilla lattiaa viistäen.

– Äiti se osaa! sanoi Otto ja näytti aivan isältään. Viikonloput olivat Otosta kivoja, sillä silloin äiti teki aina niitä ruokia, mistä tiesi lastensa pitävän. – Nyt en kyllä jaksa yhtään mitään…

– Kuulin muuten yhden hauskan jutun radiosta aamupäivällä... aloitti Heikki ja sai aikaan harmistunutta ähkimistä. – Älkää pelätkö, tämä on ihan lyhyt.

– Ääh! Taas sitä mennään, valitti Maiju, joka oli liian kylläinen sanoakseen isälle enempää vastaan.

– Tässä se tulee, olkaa tarkkana. Kuinka monta hammasta on iilimadolla? kysyi Heikki ja virnistelevä ilme virisi hänen kasvoilleen saadessaan taas testata jälkikasvunsa tietämystä.

– Yäk! Pitääkö sitä nyt kysellä jotain noin iljettävää? Juuri kun on syöty! Otto marisi ja sai Maijulta sanatonta myötätuntoa.

– Ei tämä mikään kamala kysymys ole. Ihan tavallinen vaan.

– Mutta iilimatohan on sellainen musta iljetys, joka imee verta. Onhan se nyt ihan ällöttävä, valitti Laurakin.

– Mutta sanokaapa nyt! Arvatkaa edes...

– Ei yhtään. Sillä on imukuppi ja joku piikki, millä tekee reiän ihoon, arveli Otto lopulta.

– Hyi olkoon, minun puolesta sillä saa olla hampaita vaikka kolmesataa! sanoi Maiju ja nosti kätensä ristiin vatsansa päälle.

– Oho! sanoi Heikki ja alkoi nauraa. – Ihan nappiin! Olisitko uskonut, äiti, että meidän Maiju tietää tuon?

– Jaa, mitä? ihmetteli Maiju epäuskoisena.

– Iilimadolla tosiaankin on kolmesataa hammasta. Ainakin suurin piirtein. En tiedä, miten tarkkaan ovat laskeneet. Voi niitä olla kaksisataayhdeksänkymmentäkuusikin, mutta tuo oli niin lähellä, etten taida niitä itse laskemaan ruveta.

– Heh! Kuulitko, Otto? rehenteli Maiju.

– Onnenkantamoinen, vähätteli pikkuveli.

– Maiju saa nyt valita jonkun palkinnon, sanoi Heikki. – Ihan mitä tahansa. Tai ei nyt ihan mitä tahansa. Joku tolkku pitää olla.

Maiju mietti hetken. Nyt olisi erinomainen tilaisuus kysyä lupaa Marsun käynnille.

– Äiti kun on näin hyvä ruoanlaittaja, niin voisinko tuoda yhden kaverin syömään? Vaikka huomenna? kysyi Maiju varovasti.

– Jos se vain äidillesi sopii, niin ei minulla mitään sitä vastaan ole, sanoi Heikki.

– Tottakai voit, sanoi Laurakin. – Eliisa vai Teijako tulisi?

– Ei kumpikaan… Marsu vaan, sanoi Maiju nielaisten viimeiset sanat niin, ettei niistä saanut kunnolla selvää.

– Marsuko sanoit? Koska meille sellainen on hankittu, ihmetteli Heikki.

– Ei Marsu ole marsu! Höh! tuhahti Maiju. – Se on vaan yksi… poika.

– Vai poika? Oikein poikaystävä? sanoi Heikki kysyvällä äänellä.

– Ei nyt ihan ystävä, ainakaan vielä…

– Poikakaveri siis? Mutta sehän on melkein sama asia?

– Ei, ei… Enempi Marsu on sellainen tuttava, sanoi Maiju ja tajusi, miten vaikeata aiheesta oli jutella vanhempiensa kanssa.

– Poikatuttava siis! julisti Heikki oikaisten itsensä suoraksi tuolillaan. – Tottakai sellainen käy. Lupaan olla erityisen tuttavallinen. Mitähän siltä pojalta kyselisi…

– Isä, älä sitten nolaa minua, pyysi Maiju, mutta Heikki vain nosti suupielet hymyasentoon.

– Eikö Tarukin voisi tulla? kysyi Otto saaden Heikin vakavoitumaan.

– Tosiaan, Taru! Mitähän me voitaisiin tehdä hänen hyväkseen? Enkä minä nyt tarkoita mitään kukkien varastelemisia, sanoi Heikki ja katsoi kulmiaan rypistäen Ottoa.

– Kukkien ostaminen ei taida paljoa auttaa. Jos he ovat niin köyhiä, kuin Taru oli kertonut Otolle, heitä olisi autettava koko perheenä, mietti Laura.

– Mutta ei sinne voi mennä avustuksia tarjoamaan, pohti Heikki ja näytti miettiväiseltä. – Eiköhän me Oton kanssa käydä Tarun kotona vieraisilla? Ihan vain toivottamassa uudet asukkaat tervetulleiksi. Voidaan samalla jutella ja nähdään, mikä siellä on tilanne.

Kenelläkään ei ollut parempaa ehdotusta, joten niin päätettiin tehdä.

# 9. SOVINTOKAKKUA

Laura Himanen painoi pyöreätä ovikellon nappia. Sisältä kuului kaksi kilahdusta, minkä jälkeen alkoi kuulua jalkojen töminää. Laura suoristi hamettaan ja asetteli leipomansa mansikkatäytekakun vasemman kätensä kyynärtaipeen varaan. Vapaaksi jääneellä kädellä hän ehti vielä sukia hiuksiaan ennen kuin ovi aukesi.

– Hyvää päivää! tervehti Laura maireasti hymyillen, kun Helmi Surakka avasi oven.

– Päivää! Laurako se siinä? Pitkästä aikaa! sanoi Helmi ja ojensi kätensä.

– Niin, eipä ole tullut naapurissa liian usein ravattua, aloitti Laura ja tarttui Helmin käteen. – Se on tämä nykyajan kiire sellaista. Ei tahdo keretä.

– Kiirettä, kiirettä pitää. Sitäpä sitä, kertasi Helmikin vatkaten naapurinsa kättä liioitellun pitkään.

– Minun pitää nyt pyytää ensimmäiseksi anteeksi sen meidän Oton toilailuja. Sillä tavalla meni repimään sinun kukkiasi. Heikki piti sellaisen puhuttelun, ettei poika toista kertaa uskalla. Ja Holopainenhan sen kotiin toi ihan virkapuvussa. Kyllä Otto nyt varmasti opiksi ottaa.

– Se oli kyllä harmillista. Ei niiden kehäkukkien takia niinkään, mutta niitä gladioluksia olen kasvattanut koko kesän. Alkoivat juuri kukkia niin kauniisti... Mutta tuleehan noita lisää. Nuppuja jäi vielä paljon.

– Anteeksipyynnöksi tein tällaisen kakun, jos vaan kelpaa... Ottokin auttoi sen tekemisessä, sanoi Laura tahallisen vaatimattomasti. Tietenkin hän tiesi, että kauniisti koristeltu mansikkatäytekakku kelpaisi aina. Salaa hän toivoi, että hänen maineensa asuinalueen parhaana tai ainakin innokkaimpana leipurina olisi kiirinyt myös tänne naapurikadulle asti.

– Voi, kiitos! Eihän sinun nyt olisi tarvinnut. Mitä niistä muutamista kukkasista. Vai oikein kakku? Kelpaahan se. Onhan se kuuluisan leipurimestari Laura Himasen tekemä!

Helmi osasi kehua niin, että Lauralla ki-
hosi tippa silmäkulmaan hänen astuessaan
eteiseen. Positiivinen tunnustus tuntui aina
yhtä hyvältä.

– Teillä on täällä niin kaunista, kehui
Laura vuorostaan silmäillessään Surakan
eteistä ja siitä näkyvää keittiötä ja olohuonetta.
Joka puolella oli siistiä, niin kuin olla pitikin.
Vain yksi asia Lauran mielestä puuttui: tuo-
reen pullan tuoksua ei leijunut ilmassa.

– Laitan kahvia tulemaan. Mene tuonne
olohuoneeseen istumaan, sanoi Helmi ottaen
kakun Lauralta. – Markus! Markus! huusi
Helmi yläkertaan vievien portaiden suuntaan.
– Tule alas, tuli vieras!

– Ei nyt. On kaikenlaista tekemistä, kuu-
lui nopea vastaus.

– Ei taida meidän kalkkisten seura kelva-
ta nuorelle miehelle, naurahti Helmi. – Mar-
kus on siinä iässä. Koulu menee kyllä suht
mukavasti. Ihan hyvä poika se on, vaikka vä-
hän ujo, ainakin vieraiden suhteen. Mieheni –
siis Markuksen isän – kuoltua poika ei ole ol-
lut kovin sosiaalinen. Taisi ottaa koville jäädä
tällaisen vanhan eukon kanssa kahdestaan…

– Vai vanhan? höpsis! Sellaisia ne kaikki
nuoret ovat. Antaa pojan olla omissa olois-
saan, jos niin haluaa.

– Täällä on kakkuakin. Mansikkakakkua! Helmi yritti vielä houkutella poikaansa alas.

– Ei ole nälkä! kuului yläkerrasta.

– No antaa olla, sanoi Helmi ja siirtyi keittiöön.

Kahvi valmistui nopeasti ja Helmi kutsui Lauran juomaan.

– Otetaan nyt tätä kakkua. Tosi hieno, kyllä sinä osaat, kehui Helmi ylitsevuotavasti.
– Minulta ei tahdo oikein onnistua mikään leipomus. Tai osaan minä yhden raparperipiirakan tehdä aika hyvin. Sain reseptin isoäidiltäni. Hän asui aikoinaan muutaman vuoden Englannissa. Sieltä se resepti oli kulkeutunut hänelle.

Lauran sydän otti muutaman ylimääräisen lyönnin. Mama Brownin raparperipiirakka ja sen kadonnut ohje alkoi välkkyä silmissä.

– Oikein Englannista? Tuleeko siihen omenaa? kysyi Laura varovasti toivoen parasta.

– Tulee. Ja sokeria ja kanelia. Ja aika monta muutakin ainetta.

– Tiedätkö, mistä isoäitisi sai reseptin?

– En tarkkaan. Hän oli siellä töissä eri taloissa. Muistakseni ainakin Rhodeseilla, Browneilla, Joneseilla ja Smitheillä. Taisi niitä olla muitakin.

– Jaa että Browneillakin… Laura innostui. – Voisinko, voisinko minäkin saada sen reseptin. Minä kun olen hukannut ihan samanlaisen piiraan ohjeen.

– Ilman muuta. Minä voin vaikka lähettää sen sinulle sähköpostilla, sanoi Helmi ja lusikoi suuhunsa mansikkakakkua reilun palasen.

# 10. VIERAISILLA

Pussi Artukaisen talo näytti ulospäin yhtä vanhalta ja huonokuntoiselta kuin ennenkin. Seinien maali oli rapistunut eikä talon rähjäiseltä näyttävää kattoa oltu korjattu. Heikki ja Otto Himanen seisahtuivat jalkakäytävälle katsomaan Tarun kotia tarkemmin. Lukuunottamatta itse talon ulkoasua, mikään ympäristössä ei pistänyt isommin silmään. Piha oli siistitty ja pitkänä rehottanut nurmikko oli leikattu vast'ikään. Omenapuussa oli kymmenkunta punaista hedelmää. Piha-alueen sivulla oli kaksi ruskeaa ruukkua täynnä kesäkukkia. Mustanpuhuva porttikin oli auki.

— Mennäänkö käymään? kysyi Heikki Otolta, jonka kasvoilla näkyi jännitys ja samalla innostus. Olihan hänen edessään itse Pussi Artukaisen — ainoan suomalaisen avaruuslentäjän – talo. Millaisia aarteita sieltä voisikaan löytyä?

– Mennään, kuiskasi Otto ja astui ensimmäisenä jalkakäytävältä pihaan menevälle tielle katsellen haltioituneena ympärilleen. Heikki seurasi perässä ja ohitti pian poikansa, jonka askel hidastui mitä lähemmäksi talon ulko-ovi tuli. Kuisti oli siisti. Kaksi palloa odotti nurkassa pelaajia ja seinällä olevassa naulassa roikkui mölkkypeli. Oven vieressä oli valkoinen ovikellon nappi. Sen alla luki "Koivunen". Heikki katsoi Ottoa, painoi nappia ja otti kaksi askelta taaksepäin.

Ovi aukesi ja kolmissakymmenissä oleva nainen katsoi tulokkaita kysyvästi. Hänellä oli vaaleat poninhännälle sidotut hiukset ja yllään kotioloihin sopiva pinkki oloasu.

– Hyvää päivää! Minä olen Heikki Himanen ja tämä on poikani Otto. Asumme tuossa naapurikadulla ja huomasimme, että tänne on tullut uudet asukkaat. Ajattelimme poiketa toivottamassa teidät tervetulleiksi.

Heikki ojensi puheensa lopuksi käden, johon nainen tarttui pienen epäröinnin jälkeen. Naisen käsi oli kostea ja lämmin.

– Kiitos ja anteeksi, olin juuri siivoamassa ja käteni... sanoi nainen ja pyyhi kämmeniään housujensa puntiin. – Minä olen Sinikka. Sinikka Koivunen. Tuletteko sisään? Meillä kyllä on hieman sekaista, mutta toivottavasti se ei haittaa.

– Ei yhtään, aloitti Heikki. – Jos me ihan hetkeksi. Ei ehditä olemaan kauaa. Meillä on näet saunapäivä näin lauantaina.

Eteinen oli siisti. Heikki ihmetteli, missä se naisen kertoma sekaisuus oikein oli. Todennäköisesti se oli vain normaalia oman kodin vähättelyä vieraille. Lattialla oli keltainen muovisanko, jossa oli vaahtoista vettä ja oranssi moppi. Sinikka Koivunen otti sangon käteensä ja nosti sen sivummalle.

– Ottaisitteko jotain? Mehua ja pullaa vaikka?

– Ei, ei. Ei meitä varten tarvitse, ennätti Heikki estelemään. Kuten sanoin, poikkesimme vain sanomaan "tervetuloa". Yksinkö asutte?

– En sentään. Mieheni pitäisi tulla kohta töistä ja Taru, tyttäremme, on jossain leikkimässä. Kolmisin täällä asutaan.

Heikki oli kovin hämmästynyt näkemästään. Mikään ei osoittanut, että perhe olisi erityisen köyhä. Olohuoneessa oli iso taulutevisio ja eteisen nurkkauksessa tietokone.

– Miten olette kotiutuneet?

– Ihan hyvin. Talo on kyllä vanha ja rapistunut, mutta muuta ei ollut tästä läheltä tarjolla. Tarkoitus olisi ensi kesänä rakentaa oma talo, kunhan vain löytyisi sopiva tontti. Kyllä tässä siihen asti asuu. Vaikka talvi kyllä vähän arveluttaa.

– Edellinen asukas oli aikamoinen erakko. Ei paljoa talostaan huolehtinut. Vai ihan oma talo mielessä? Sehän on hienoa. Heikki piti lyhyen tauon ja jatkoi: – Ei mutta kyllä meidän on nyt lähdettävä siihen saunanlämmitykseen.

Heikki hyvästeli talon emännän ja astui Oton kanssa ulos. Poika oli ollut hiljaa koko vierailun ajan. Talo oli ollut hänelle pettymys, sillä mitään avaruuteen viittaavaa ei ollut näkynyt. Kaikki oli ollut liiankin tavallista. Heidän laskeutuessaan kuistin portaita pihaan ajoi kiiltävänmusta katumaasturi. Nuorehko mies harmaassa puvussa astui autosta ulos.

– Päivää, sanoi mies kohteliaasti ja ojensi kätensä. – Mika Koivunen.

–Heikki Himanen ja tuo on Otto. Poikettiin toivottamassa uudet naapurit tervetulleiksi.

Miehet vaihtoivat muutaman sanan, minkä jälkeen Heikki ja Otto lähtivät. He eivät

tienneet, mitä ajatella. Taru oli väittänyt Otol-
le perheen olevan köyhä. Todella köyhä.
Se ei ainakaan näyttänyt siltä.

# 11. SUNNUNTAIATERIA

Sunnuntaipäivä oli kaunis. Aurinko paistoi kuumasti kirkkaansiniseltä taivaalta. Pieni pilvenhattara seilaili huolettomasti päivää paistatellen, mutta ei millään tavalla estänyt valonsäteiden pääsyä Himasten pihaan. Kirkkaankeltainen mopoauto kääntyi tieltä ja pysähtyi portaiden viereen.

– Nyt se tuli! hihkaisi Maiju ja juoksi keittiön ikkunasta ulko-ovelle. Heikkiä huvitti tyttärensä ryntäily. Hän lähti astelemaan kohti eteistä. Maiju oli nähnyt vilauksen isänsä ilmeestä ja ehätti vielä varoittamaan: – Ole sitten ihmisiksi!

– Ainahan minä… ainakin melkein, kiusoitteli Heikki ja huitaisi kädellään ilmaa näyttäen Maijulle, että menisi jo tulijaa vastaan.

Maiju ryntäsi ovesta ulos ja sulki sen perässään. Se oli selvä merkki Heikille, ettei vastaanottokomiteassa tarvittaisi muita. Kesti pari minuuttia ja ovi aukesi uudelleen.

– Tässä on Marsu, sanoi Maiju silmät loistaen. Laurakin oli tullut eteiseen ja Otto kurkki uteliaana keittiön ovelta.

– Vai Marsu? aloitti Heikki, mutta ei saanut jatkaa pitemmälle, sillä Laura ehätti ensin.

– Eikös se ole Markus? Surakan Markus? On, onhan se.

– Joo, sanoi poika lyhyesti.

– Anna nyt se, anna jo, hoputti Maiju Marsua.

– Joo, sanoi poika ja otti esiin selkänsä takana piilottelemansa pullean muovipussin. Hän nosti pussista hieman nuhjuisen kypärän, jonka keittiön ovella kurkkinut Otto tunnisti heti.

– Voi juma! huusi Otto ja juoksi Marsun eteen. Sitten hän tajusi, ettei kaikkia sanoja voinut käyttää vanhempien läsnäollessa. Otto kääntyi isänsä puoleen: – Anteeksi, hän sanoi ja kysyi sen jälkeen Marsulta: – Onko, onko se aito?

– Joo, sanoi Marsu ja antoi avaruuskypärän Oton käsiin. Tämä käänteli ja katseli sitä joka puolelta. Hän kuvitteli kypärän huoneensa oven pielessä olevan piirongin päälle, jossa sellaiselle oli jonkin aikaa ollut paikka varattuna. Oton unelma oli täyttymässä. Tällaisen hän oli aina halunnut.

– Mistä tämä on? sai Otto sanotuksi.

– Se on ollut mulla pienestä asti. Sain sen joskus sedältäni. On se varmaan ihan oikea. Niin setä ainakin väitti.

– Onko tämä minulle? kysyi Otto toivoen myöntävää vastausta.

– Joo. Maiju sanoi, että pidät tuollaisista.

– Kiitos! hihkaisi Otto ja juoksi kypärä sylissään huoneeseensa. Hän asetteli sen paikoilleen. Se sopi siihen täsmälleen.

Himasten perhe asettui syömään Lauran loihtimaa sunnuntaiateriaa. Maiju istutti Marsun viereensä ja hosui niin, että pöytään omalle paikalleen istunutta Ottoa sisarensa käytös alkoi hävettää.

– No, Markus, minulla on ollut tapana kysellä nuorilta kaikenlaista, aloitti Heikki veikeä ilme kasvoillaan samalla kun kauhoi kattilasta perunamuusia lautaselleen.

– Isä, älä! kiljaisi Maiju, joka ei todellakaan halunnut Marsun joutuvan vastaamaan isänsä tehtäviin. Se olisi liian noloa.

– Mitä älä? kysyi Heikki aivan kuin ei olisi ymmärtänyt.

– Ei mitään tietokilpailuja nyt…

– Minä olisin vain kysynyt Markukselta, pitääkö hän kalastuksesta. Ei sen kummempaa, sanoi Heikki ja esitti hyvin ystävällistä.

– Joo, sanoi Marsu ja vaikeni hetkeksi. – Kävin isän kanssa useinkin, mutta kun se kuoli, ei ole ollut ketään, jonka kanssa mennä.

– Sepä ikävää… sanoi Laura ja muisteli Helmi Surakan sanoja Markuksen käytöksen muutoksesta isänsä kuoleman jälkeen.

– Mutta ajattelin kyllä ensi viikolla mennä yksin tuohon koskelle. Ostin juuri uuden vavankin…

– Jaa uuden vavan? sanoi Heikki tuumien.

– Niin, sellaisen teleskooppivavan. Menee pieneen tilaan. Vaikka reppuun, sanoi Marsu ja ahtoi kokonaisen lihapullan suuhunsa, ettei tarvitsisi puhua pidempään.

Otto ei ollut kiinnostunut kalastuksesta, vaikka Heikki oli kuinka yrittänyt poikaa houkutella. Mikään ei ollut auttanut. Onkimadot olivat inhottavia ja kaloja ei Oton mukaan saanut kiusata. Heikki olisi mielellään opastanut poikaansa kalastuksen saloihin ja samalla siirtänyt muutamia oman isänsä opettamia niksejä jälkipolvelle. Markus vaikutti mukavalta pojalta, vaikka olikin hieman hiljainen. Tekisi varmasti hänellekin hyvää pääs-

tä hetkeksi irtautumaan normaaleista ympy-
röistä.

– Tunnetko Holopaisen? kysyi Heikki.

– Joo. Eikös se ole se poliisi? sanoi Mar-
su syötyään suunsa tyhjäksi.

– On. Ollaan lähdössä tulevana viikon-
loppuna kalaan Holopaisen saarimökille.
Lähtisitkö mukaan? Saisit kokeilla sitä uutta
vapaasi, kysyi Heikki ja sai Lauran hymyile-
mään hyväksyvästi. Maiju tuijotti isäänsä
epäuskoisena. Marsun kasvot muuttuivat ih-
metyksen kautta hymyileviksi.

– Joo. Jos vaan äidille sopii.

# 12. AVARUUSKYPÄRÄ

Viikko kului nopeasti. Otto puunasi saamansa avaruuskypärän niin kiiltäväksi, että näki siitä oman kuvansa. Hän piti kypärää visusti sille kuuluvalla paikalla oven vieressä piirongin päällä. Hänestä tuntui hienolta omistaa jotain sellaista, mistä oli aina haaveillut. Otto alkoi miettiä, mikä voisi olla hänen seuraava unelmansa.

Marsu oli saanut äidiltään luvan lähteä kalaan. Helmi Surakka oli ollut pelkästään mielissään poikansa yllättäen saamasta mahdollisuudesta. Luvan antaminen oli muutenkin helppoa. Olihan kalakavereina poliisi ja opettaja. Turvallisempaa seuruetta sai hakea. Marsun lähtiessä Holopaisen mökille myös Maiju oli kinunnut päästä mukaan, mutta Heikki oli ollut tiukkana. Retki oli vain todellisille kalamiehille. Nuori tyttö ei jaksaisi kes-

kittyä kalastamiseen ja pysyä tarvittaessa hii-
ren hiljaa.

Oli lauantaiaamu. Heikki, Holopainen ja
Marsu olivat lähteneet edellisenä iltana kohti
Holopaisen mökkiä ja olivat ensimmäiset ka-
laretkensä tehneet, kun Otto vasta heräili
vuoteestaan. Hän venytteli muutaman kerran,
vilkaisi kiiltävää kypärää ja meni keittiöön.
Laura oli tehnyt hänelle aamupalan valmiiksi.
Pöydässä oli sämpylää, jugurttia ja mehua.

Syötyään Otto pukeutui nopeasti ja laittoi
kypärän muovipussiin. Hänen paras kaverin-
sa Samppa oli ollut koko viikon mummolassa,
eikä Otto ollut voinut esitellä aarrettaan hä-
nelle. Samppa oli palannut myöhään perjan-
tai-iltana ja Otto halusi näyttää tälle kypärän
heti kun oli mahdollista.

– Heippa, Otto heitti äidilleen ja painui
ovesta ulos. Hän varoi tarkasti, ettei kolaut-
taisi kypärää mihinkään tai ettei pussi putoaisi.
Jos kypärälle tapahtuisi jotain, Otto ei antaisi
sitä itselleen koskaan anteeksi.

Matkalla Sampalle Otto oikaisi pienen
puistikon halki. Sireenipensaan varjossa ol-
leella penkillä istui kukkia myyvä tyttö.

– Ostakaa kukkia, ostakaa nyt! hän kutsui
puistossa liikkuvia ihmisiä. Tytön huomattua
Oton hänen silmiinsä nousi iloinen katse.

– Hei, Taru, sanoi Otto ja istui lupaa kysymättä tytön viereen penkille.

– Hei!

– Onko kukaan ostanut? kysyi Otto, otti pienen kukkakimpun käteensä ja nuuhkaisi sitä.

– Pari kimppua olen myynyt. Sellainen vanha mummu osti molemmat.

– Minäkin poimin sinulle kukkia naapurin puutarhasta, mutta…

– Mutta mitä?

– …poliisi otti kiinni ja vei kotiin. Tuli aikamoista sapiskaa isältä.

– Kurjaa, mutta ei se mitään, sanoi Taru ja huomasi Oton muovipussin. – Mitä sinulla tuossa on?

– Et ikinä arvaa, sanoi Otto ja samalla hänen silmänsä kirkastuivat. Hän nosti pussin polvilleen ja kuori sieltä esiin kiiltävän avaruuskypärän. – Eikö olekin upea?

Taru jähmettyi paikoilleen. Tyttö halusi sanoa jotain, mutta ei saanut sanaa suustaan. Hän katsoi epäuskoisesti kypärää, sitten Ottoa ja taas kerran kypärää.

– Onko… onko siinä sisäpuolella kirjaimet P ja A? tyttö sanoi ääni väristen.

– En ole huomannut, sanoi Otto ja käänsi kypärän ylösalaisin. – Ei, odotas. On täällä. Ihan tässä leuan kohdalla. Mistä arvasit?

Taru alkoi itkeä, tempaisi kypärän Otolta ja otti siitä kaksin käsin halaavan otteen.

– Oletko sinäkin siinä mukana? itki Taru vihaisena. – Sinä! Ja minä kun luulin, että olet minun ystävä.

– Mitä nyt? Missä mukana? Otto oli aivan ymmällään Tarun käytöksestä. Hänellä ei ollut mitään käsitystä, mitä tyttö tarkoitti.

– Mistä sait tämän? kysyi Taru kyyneleiden seasta.

– Sain sen yhdeltä Marsulta tai oikeammin Markukselta. Meidän Maijun poikays... tai oikeastaan poikatuttavalta. Mitä sitten?

– Tämä on minun... nyyhkytti Taru.

– Sinun? En ymmärrä...

– Kun me muutettiin tänne, yksi poika alkoi kiusata minua, aloitti Taru. – En ymmärrä minkä takia. Omaksi huvikseen kai. Se on yläluokkalaisia. Niin iso, etten uskaltanut pistää vastaan. Se sanoi, että saan olla rauhassa, jos tuon sille jonkun arvokkaan ja rakkaan tavaran.

– Ja sinä veit tämän?

– Niin, huokaisi Taru ja pyyhkäisi silmiään. Oton ilmiselvä tietämättömyys asiasta sai tytön vähän rauhoittumaan. Poika tuskin oli mukana kiusaamisessa. Taru naurahti hieman ja jatkoi: – Minä vähän juksasin sitä. Hain kypärän meidän uuden kodin vintiltä. On kai sen edellisen asukkaan.

– P A? maisteli Otto kirjaimia. – Tietenkin Pussi Artukainen!

– En minä tästä oikeasti kovin paljoa pidä. Mutta se poika ei tiennyt sitä.

– Mitä sitten tapahtui, kysyi Otto.

– Ei se siihen loppunut. Poika vaan jatkoi kiusaamista. Uhkaili ja kaikkea. Taru hiljeni hetkeksi ja kohenteli kukkakimppujensa ennestäänkin suoraa riviä. – Sitten se pyysi rahaa. Sanoin, ettei ole, mutta se käski hankkia. Se oli pelottavaa.

– Ja sen takia sinä siis…

– Olen myynyt kukkia. Mutta en tiedä kauanko jaksan… Taru sanoi ja alkoi taas nyyhkyttää. Otto otti tyttöä kaulasta kiinni ja lohdutti.

– Minä en tästä tiennyt mitään, Otto sanoi ja oli hetken hiljaa. – Kuka se kiusaajapoika on?

– En tiedä, mutta sillä on mopoauto, sanoi Taru.

– Mopoauto? Minkä värinen?

– Sellainen kirkkaankeltainen.

Otto puristi Tarua kainaloonsa tiukemmin ja sai tytön rauhoittumaan.

– Tästä on kerrottava isälle.

# 13. KALASSA

Heikki Himanen painoi puhelimestaan punaista luurin kuvaa. Hän oli juuri saanut puhelun Lauralta. Otto oli selvittänyt pienen kukkia myyvän tytön salaisuuden, eikä se ollut ollenkaan Heikin mieleen. Marsu alias Markus Surakka istui Holopaisen mökin terassilla muovisessa tuolissa ja tarkasteli kalastusvälineitään.

— Mites kotoväki? kysyi poika iloinen ilme kasvoillaan.

— Mikäpä siellä. Taitaa olla jo ikävä. Ollaanhan tässä oltu pois melkein vuorokausi, hymähti Heikki ja sujautti puhelimen taskuunsa. — Mutta eikö meidän ole aika lähteä taas järvelle yrittämään?

— Mennään vaan, sanoi Marsu ja alkoi kerätä välineitä reppuunsa. — Aina valmiina kuin partiolainen. Poika oli silminnähden iloinen päästessään vanhempien kalamiesten seuraan, saihan hän samalla kullanarvoisia vinkkejä eväkkäiden narraamiseen.

– Ehtiihän tässä vielä ennen ruokaa. Ja eihän sitä tiedä, vaikka saataisiin samalla se päivän ruoka. Muuten meneekin purkkihernesopan keittelyksi, naurahti Holopainen ja haki oman heitto-onkensa.

Kolmikko astui veneeseen. Ensin Tuumivaisen näköinen Heikki veneen nokkaan, seuraavaksi Markus keskelle ja Holopainen asettui perään käyttämään moottoria.

– Ajetaan tuonne Keskukarille. Sieltä on joskus tarrannut isojakin haukia. Eikä se kuhakaan ihan mahdoton ole, huusi Holopainen perämoottorin äänen yli kaasuttaessaan laiturista.

– Iso kala ei kyllä yhtään haittaisi. Olen aina unelmoinut yli kymmenen kilon hauesta. Kahdeksan ja puoli tai yhdeksän kiloa ei ole mitään, mutta kymmenkiloinen! Siinä on sitä jotain, selitti Heikki ja katseli teleskooppivapaansa avaavaa Marsua. – Entä, Markus, mikä on sinun unelmasi? Uusi vapa sinulla onkin…

– Joo, niin… Marsu näytti hämmentyneeltä. – Kunhan nyt jonkinlaisen kalan saisi. Sillä koolla ei nyt niin väliä.

– Kyllä sillä saaliilla kokoa saisi olla, kun on noin kalliit vehkeetkin, sanoi Heikki vielä painottaen erityisesti sanaa "kalliit".

– Joo, mutta ei nämä nyt niin paljoa… mutisi Marsu ja halusi Heikin vaihtavan puheenaihetta.

– Nyt aletaan olla perillä. Tuolla näkyy muutama kivi veden päällä. Kari jatkuu siitä tähän suuntaan. Annetaan veneen mennä tuulen mukana ja heitellään tässä, sanoi Holopainen ja sammutti moottorin. Tuli hiljaista. Kuului vain satunnaisia kolahteluja kolmen kalamiehen laittaessa virveleitään kuntoon.

Siimat viuhuivat tasaiseen tahtiin, kun miehet heittelivät uistinta karikon päällä. Puoli tuntia kului, mutta kukaan ei saanut tärppiäkään. Tuuli kuljetti venettä kauemmas, mutta Holopainen siirsi moottorilla sen takaisin matalikolle.

– Taitaa mennä hernekeitoksi, rikkoi Heikki lopulta hiljaisuuden. Holopainen ja Marsu nyökkäilivät, mutta eivät puhuneet mitään. Toivo kiilsi vielä heidän silmissään ja uistimet lensivät veteen yhä uudelleen ja uudelleen. Heikki vaikeni myös, heitti vielä kaksi kertaa ja vaihtoi sitten siiman päähän vanhan, kuluneen ja naarmuuntuneen vieheen, joka oli joskus ollut vihreä.

Yhtäkkiä ja aivan odottamatta se iski. Vapa oli pudota Heikin kädestä, kun uistin pysähtyi kuin seinään. Ensiksi tuli harmistus, sillä pari kertaa aiemmin viehe oli tarttunut kiveen. Niitähän karikolla riitti. Parin sekunnin manailun jälkeen Heikki oli kuitenkin varma, ettei nyt ollut kyseessä kivi. Jokin painava alkoi viedä uistinta veneestä poispäin. Kelan jarru kiljui kuin hengenhädässä, eikä Heikki edes vanhana kalamiehenä ollut varma, mitä pitäisi tehdä.

– Nyt on iso, sanoi Heikki ja katsoi ilme vakavana kavereitaan. Holopainen ja Marsu kelasivat uistimensa veneeseen ja seurasivat tiiviisti edessään käytävää jännitysnäytelmää. – Jos tämä saadaan veneeseen, niin hyvästi hernekeitto!

Välillä kala veti uistinta kauemmas, välillä Heikki sai vedettyä sitä muutaman metrin venettä kohti. Pari kertaa kala kävi näyttäytymässä veden pinnalla, jolloin miehet tunnistivat sen haueksi. Ja vieläpä varsin suureksi sellaiseksi.

– Se on kuule kymmenen kiloa, ainakin, sanoi Holopainen kalan käydessä pyörähtämässä aivan veneen vieressä. – Siinä se sinun unelmakalasi on. Otapa se nyt varovasti veneeseen.

– Yritän koko ajan, puuskutti Heikki, jota taistelu voimakkaan kalan kanssa oli alkanut väsyttää. Marsu katseli hauen kanssa kamppailua haltioissaan.

Kului vielä puoli tuntia ennen kuin metrin mittainen hauki makasi kyljellään veneen pohjalla. Heikin otsalla kiilsi taistelun nostattama hiki. Marsu oli niin innoissaan, että vain toisteli kalan suurta kokoa. Holopainen käynnisti perämoottorin näytellen rauhallista, vaikka oli revetä liitoksistaan jättihauen takia.

– Olisiko kuusi kiloa? heitti Holopainen ilmaan suu leveässä naurussa.

– Höh, kuusi? Ainakin kymmenen, jos ei yhtätoista, vastasi Marsu ja tuijotti kalaa herkeämättä.

– Unelmakala… sanoi Heikki. – Kymmenkiloinen!

Holopainen ohjasi veneen mökkirantaan ja Heikki nosti hauen ilmaan kaksin käsin. Hän astui veneestä ja laski kalan ruohikolle. Heikki käveli rivakasti mökin kuistille ja haki sieltä digitaalinäytöllä varustetun kalavaa'an. Hän asetteli koukun hauen kidusten alle ja nosti. Heikki katsoi näyttöä, laski kalan maahan ja nosti uudelleen. Lukema oli molemmilla kerroilla sama: 9,7 kiloa. Heikin ilme muuttui harmistuneeksi. Vain 9,7 kiloa. Hau-

ki oli mahtava, mutta ei kymmenkiloinen.
Heikin unelma jäi edelleen saavuttamatta.

ooo ooo ooo

Paistinpannussa tirisi kolme isoa palaa
haukea. Holopainen vahti niitä muovinen
paistinlasta kädessään. Voin ja kalan tuoksu
sai veden kihoamaan kalamieskolmikon kie-
lelle. Heikki tuli muistelemaan keittiöön tais-
teluaan hauen kanssa ja vahvistamaan kala-
miehen mainettaan. Marsun poistuttua het-
keksi ulos mökistä Heikki esitti Holopaiselle
pyynnön:
   – Kun Markus tulee takaisin, kysy minul-
ta jotain Otosta. Tarkoitan siitä kukkajutusta.
   – Jaa, voin kai kysyä, mutta miksi? kysyi
Holopainen selvästi pyynnöstä ymmällään.
   – En nyt ehdi selittää. Kysy vain ja ole
mukana jutun juonessa, sanoi Heikki nopeas-
ti samalla, kun Marsu palasi sisälle. Holopai-
nen käänsi tirisevät hauenpalat paistinpan-
nussa ja nuuhki kypsyvän kalan tuoksuja.
   – Tästä tulee herkkua, maisteli Holopai-
nen ja hymyili vierellään seisovalle Heikille.
Marsu syventyi uistintensa selailuun. Hän otti
vihertävät vaaput erilleen ja piilotti muut vie-
heet reppunsa pohjalle. Vihreä oli tällä retkel-

lä muotiväri. – Muuten, miten Otto otti sen kukkajutun? Onko poika pysynyt kaidalla tiellä?

– Otti poika siitä opikseen. Ei ole kukaan enää valittanut varastetuista kukista, sanoi Heikki.

– Saihan Otto aikamoisen ripityksen. Hän on vielä siinä iässä, että kunnon nuhtelu auttaa, jutteli Holopainen ja siirteli hauenpalasia pannulla.

– Niin, parasta on tehdä heti selväksi, että vähäinenkin varastaminen on kiellettyä. Vaikka muutaman kukan vienti ei niin kauhea asia ole, siitä voi huomaamatta kehittyä pahakin tapa. Poika voisi ajatella, että kun kukista pääsi nuhtelulla, voi kaupastakin pihistää jotain. Se olisi paha juttu se.

– Kyllä, se on aina poliisiasia, komentoi Holopainen.

– Ajattelemattomuudesta tai leikistä on alkanut monta pahaa, vaikka nyt toisten kiusaaminen koulussa tai muualla. Sekin voi helposti ryöstäytyä käsistä. Pyydetään lopulta rahaa tai tavaraa ja kiusattu hankkii, kun pelkää, jatkoi Heikki.

– Tuo on jo rikollista, sanoi Holopainen.
– Poliisi puuttuu siihen varmasti, jos vaan saa tietää.

Heikki maalaili kiusaajan kohtaloa vielä monisanaisesti ja vilkaisi välillä vieheitään järjestelevää Marsua. Pojan tekeminen oli hidastunut selvästi ja hän kuunteli kalanpaistajien juttua tarkasti. Heikki tiesi, että asia oli mennyt perille hyvin, mutta nyt oli varmistettava, että Marsu todella ymmärtäisi omat tekemisensä.

– Eikö viime talvena ollut joku tapaus, jossa joku teinipoika oli pelottelemalla saanut rahaa joltain alakoululaiselta? muistutteli Heikki ja katsoi Holopaista ilmeellä, että nyt oli syytä keksiä juttua, ellei muistista löydy tapausta. Hän vilkaisi myös Marsua huomaamattomasti. Tämä oli lopettanut kalareppunsa pakkaamisen ja istui nyt jännittyneenä mökin ainoalla nojatuolilla.

– Niin juu, niin se joo, kakisteli Holopainen. – Se poika sai siitä kunnon rapsut. Joutui tietenkin maksamaan rahat takaisin ja vielä korvaamaan sille kiusaamalleen isot rahat. Oli hänen onnensa, ettei vangittu.

Tässä vaiheessa Marsu oli valahtanut kasvoiltaan ihan valkoiseksi. Hän istui tuolissa hievahtamatta tuijottaen repustaan törröttävää virveliä. Heikki uskoi pojan saaneen

tarpeeksi ajateltavaa. Nyt oli asian vain annet-
tava hautua hetken aikaa.

— Mutta Otto on nyt läksynsä oppinut,
eikä toista kertaa retkahda. Mutta <nuuh>
eikö se hauki ala olla valmista. Tuoksu on ai-
nakin hyvä. Ja tuo meidän kalamiesopiskelija-
kin näyttää olevan niin nälkäinen, ettei pysty
muuta kuin paikoillaan istumaan, sanoi Heik-
ki, ja näytti Holopaiselle salaa pystyyn nosta-
maansa peukaloa.

# 14. KOTIINPALUU

Laura Himanen hyräili tyytyväisenä katsellen juuri uunista nostamaansa rapaperiomenapiirakkaa. Se höyrysi lupaavasti ja tuoksui kaneliselta ja hedelmäiseltä. Hän oli valmistanut sen Helmi Surakalta sähköpostilla saamansa reseptin mukaan. Leipomus oli nimeltään Alma Rhodesin raparperiomenapiirakka. Laura ei voinut vastustaa kiusausta, vaan leikkasi piiraan reunasta pienen palan. Pari puhallusta vei palasesta suurimman kuumuuden. Laura laittoi sen suuhunsa ja sulki silmänsä. Omenan happamuus, raparperin kirpeys ja sokerin makeus yhdistettynä kanelin hienostuneeseen aromiin saivat Lauran suussa aikaan varsinaisen makujen sinfonian. Piirakka oli erinomaista, mutta ei täydellistä. Luomus pääsi lähelle sitä, millaiseksi Laura muisti Mama Brownin piirakan, mutta vain lähelle. Jokin salainen ainesosa siitä puuttui. Lauran unelma ei sittenkään toteutunut, vaan hänen oli edelleen jatkettava oikean reseptin etsimistä.

Laura ei halunnut harmitella asiaa sen enempää. Piiraan leipomiselle kun oli vallan erinomainen syy. Heikki oli soittanut aamulla ja kertonut kalamieskolmikon lähtevän kotimatkalle. He olisivat perillä aivan pian. Laura kattoi pöydän ja asetteli piiraan houkuttelevasti esille. Hän toivoi, ettei kukaan huomaisi siitä puuttuvaa pientä palasta.

Eteisessä tömisi, kun Laura oli lataamassa kahvinkeitintä. Maastopukuihin sonnustautunut iloinen kolmikko astui sisään. Heikki kantoi kylmälaukkua niin, ettei kenellekään voinut jäädä epäselväksi, että siellä oli jotain tärkeää.

– Terveisiä Holopaisen mökiltä! julisti Heikki ja laski kylmälaukun keittiön työpöydälle.

– Kiitos, kiitos, sanoi Laura ja antoi miehelleen tervetuliaissuukon.

– Tuotiin vähän kalaa. Fileoituna, valmiina maailman parhaan kokin käsittelyyn. Melkein kymmenen kiloa! Heikki sanoi ylpeänä.

– Vai kymmenen? Ettei yli?

– Vähän jäi alle. Ei vieläkään tullut sitä unelmakalaa, valitteli Heikki. – Mutta ei sillä ole väliä. Meillä oli mukava reissu, eikö ollutkin Markus?

– Joo… oli kyllä, sanoi Marsu hieman jännittyneenä. – Kiitos teille molemmille, että otitte mukaan, kun isäkään ei enää pysty viemään.

– Mitäs tuosta. Kova kalamieshän sinä olet. Ei mutta missä Otto on? Saisi poikakin tulla katsomaan, millaisia saaliita oikeat kalastajat tuovat kotiin, sanoi Heikki ja viittoili Holopaista istumaan Lauran kattamaan pöytään.

– Täältä tullaan, kuului ovelta ja Otto astui sisään yhdessä Tarun kanssa. – Tässä on uusi ystäväni Taru.

Heikki näytteli yllättynyttä.

– Vai että tyttöystävä?

– Äh isä, ei nyt sentään. Siis kaveri, vaikeroi Otto.

– Siis tyttökaveri? Mutta sehän on kai sama asia? Vai onko tämä soma neiti sellainen tyttötuttava?

– Just! Juuri sellainen, huokasi Otto ja ohjasi Tarun pöytään istumaan Marsua vastapäätä. Tunnistaessaan tytön poika lehahti kasvoiltaan punaiseksi ja katseli edessään olevaa kuppia. Laura oli juuri kaatanut kahvia, joka höyrysi kuumana. Marsu kaatoi siihen nopeasti maitoa ja nosti kupin kaksin käsin huulilleen.

Juttelu jatkui leppoisissa merkeissä. Heikin kalansaalis käytiin moneen kertaan läpi, eikä kenellekään varmasti jäänyt epäselväksi, miten vanha kunnon vihreä vaappu oli taas tehnyt tehtävänsä. Kalan painoa, 9,7 kiloa, ja Heikin unelman toteutumatta jäämistä surkuteltiin, sillä koulujen alettua ei uusille kalaretkille enää syksyllä ollut aikaa.

Koko juttelun ajan Marsu oli hiljaa ja vilkuili vastapäätä istuvaa Tarua. Maiju istui Marsun vieressä, mutta antoi pojan olla ja keskittyi kuuntelemaan vanhempien jutustelua. Kahvittelun edetessä Marsu alkoi näyttää ensin vaivautuneelta, sitten surulliselta ja lopulta hän alkoi nyyhkyttää hiljaa.

– Markus, mikä nyt? kysyi Laura ja koetti katsoa poikaa kasvoihin kumartumalla eteenpäin pöydän päälle. Marsu nosti kyynärpäänsä pöydälle ja hukutti kasvonsa käsivarsiin.

– Anteeksi, Marsu sanoi, nosti päätään ja katsoi Tarua. – En minä tahallani… tai kylllähän minä… Mutta siis tein tyhmästi. Palautan kyllä kaikki. Rahat ja sen kypärän…

Taru nousi pöydästä ja kävi olohuoneen puolella. Hän palasi sieltä käsissään kiillotettu avaruuskypärä.

– Kypärä minulla jo on… sanoi Taru hiljaa. – Sain sen Otolta.

Marsu nousi seisomaan ja katsoi jokaista pöydässä istujaa vuorotellen. Viimeksi hän jäi tuijottamaan Heikkiä silmiin.

– Te siis tiesitte koko ajan? Marsu sanoi ääni väristen.

– Kyllä, sen jälkeen kun Otto näytti antamasi kypärän Tarulle, sanoi Heikki vakavana.

– Ja silti ette puhuneet mökillä mitään?

– Meidän mielestämme oli paras, että päädyt itse oikeaan lopputulokseen. Ja niinhän siinä kävi. Hyvä että ajattelit asian itse, Heikki sanoi hieman hymyillen. – Tällä Holopaisella taitaa olla sinulle asiaa virkansa puolesta.

Holopainen siemaisi kuppinsa tyhjäksi ja pyyhkäisi huuliaan. Seurasi pitkä selitys, mitä seuraamuksia Marsun käytöksestä Tarua kohtaa voisi olla. Poika kuunteli poliisin ripityksen hiljaa ja kuuliaisena.

– Jos tällä pikkutytöllä ei ole mitään sitä vastaan, pääset tästä varoituksella, päätti Holopainen ja katsoi Tarua kysyvästi.

– Ei kai minulla mitään…

– Minä kyllä palautan rahat, eikä sinun tarvitse enää minua pelätä, sanoi Marsu katuvana.

– Minäkin voin lopettaa kukkien myynnin, sanoi Taru helpottuneena.

Laura haki kahvipannun ja kaatoi tyhjentyneisiin kuppeihin uuden kierroksen.

– Hei, ottakaa nyt sitä piirakkaa! Minulla on toinen vielä uunissa.

ooo ooo ooo

– No miten on, Maiju, kehkeytyykö tästä poikatuttavasta -kaveri tai -ystävä? kysyi Heikki vieraiden lähdettyä.

– Ei, kyllä tuttava saa riittää, vaikka oppihan Marsu kai läksynsä. Mutta ei sittenkään. Onhan tässä aikaa odotella, niin kuin äitikin sanoi.

Maiju poistui huoneeseensa ja Heikki meni Lauran luo. Tämä touhusi keittiössä päivän aterian kimpussa. Heikin tuomat haukifileet oli nostettu työpöydälle odottamaan valmistamista. Toinen niistä löytäisi tiensä pakastimeen, mutta toisesta Laura paistaisi uunissa Himasten lautasille haukea sitruunaisen vaalean kastikkeen kanssa.

Laura kolisteli laatikoita ja kaappeja ja harmitteli äänekkäästi.

– Missä se nyt on? Aina se on hukassa.

– Jaa mikä? kysyi Heikki.

– Keittiövaaka. Tuo on sen verran iso kalanpala, että haluaisin tietää sen painon. Osaan sillä tavalla paremmin arvioida, kuinka kauan sen pitää olla uunissa.

– Onhan minulla tuo kalavaaka. Laitetaan file vain pussiin, niin on helpompi ripustaa koukkuun, sanoi Heikki ja haki eteiseen jättämänsä repun taskusta vaa'an. Laura sujautti haukifileen pussiin ja yhteistuumin he ripustivat pussin koukkuun. Digitaalinäyttöön asettuivat numerot 3,2 kilogrammaa.

– Aika iso on, mutta hassua, että se tuntuu vieläkin painavammalta, sanoi Laura kurtistaen kulmiaan. – Missä ihmeessä se keittiövaaka on?

– Minä vähän lainasin sitä, sanoi Otto keittiön ovelta ja juoksi huoneeseensa. Poika palasi saman tien ja roikotti käsissään punaista vaakaa. – Minulla oli vähän punnittavaa, hän sanoi nopeasti.

– Vai niin? sanoi Laura ja katsoi Ottoa hetken kysyvästi. – Kokeillaan tällä.

Heikki asetteli filepussin vaa'alle. Lukemat pienessä näytössä osoittivat 3,7 kilon painoa.

– Mutta tämähän tarkoittaa... sanoi Heikki ja pinkaisi nopeasti eteisessä olevalle kaapille. Hän otti sieltä kahden kilon kahvakuulan, jonka oli joskus kuntoiluinnostuksen vallassa ostanut. Hän laittoi kuulan muovipussiin ja ripusti sen kalavaakansa koukkuun. Näytössä luki 1,5 kiloa.

Heikki hyppi paikallaan ilosta ja otti Lauraa hartioista kiinni. He pyörähtelivät muutaman kierroksen vapaalla tyylillä Heikin näyttäessä mallia askelkuvioista.

– Vain puolitoista kiloa! Tiedätkö, mitä tämä tarkoittaa? riemuitsi Heikki.

– Taidan arvata, mutta sano sinä, kun kuitenkin haluat, sanoi Laura ja pysäytti miehensä tanssin ottamalla tätä kaulasta kiinni.

– Kalavaaka näyttää puoli kiloa liian vähän. Se hauki painoi siis sittenkin yli kymmenen kiloa! hihkui Heikki ja alkoi hyppiä uudelleen. Se sai sivusta seuranneen Oton nauramaan lapsen lailla riemuitsevalle isälleen. Laura pysäytti Heikin uudelleen, katsoi tätä silmiin ja totesi:

– Kuulepa rakas mieheni! Sinun taitaa olla aika alkaa miettiä, mikä voisi olla seuraava
suuri unelmasi!